荒野特工 1

护蜂行动

[英] 珍妮弗 · 贝尔 著
[英] 爱丽丝 · 利肯斯 绘
王扬 译

GUANGXI NORMAL UNIVERSITY PRESS
广西师范大学出版社
· 桂林 ·

目录

序章

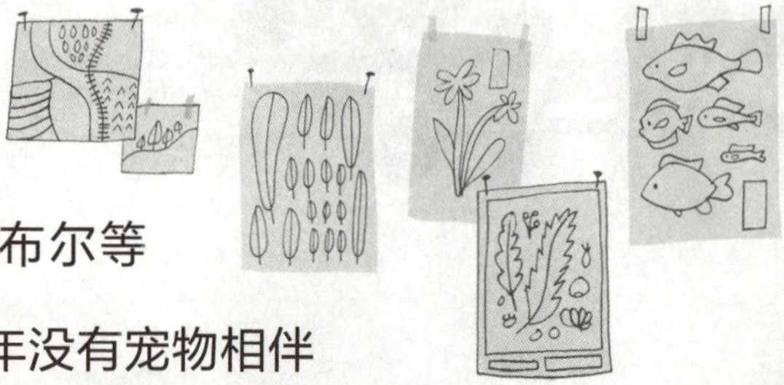

艾格尼丝·甘布尔等不下去了！整整八年没有宠物相伴的生活实在太难熬了，尤其是她还那么喜欢动物。无论是什么样的动物，她都喜欢。不管是毛茸茸的、长着鳞片的、带翅膀的，还是八条腿的，她只想有一个可以让她来照顾的小家伙，一个陪伴她的伙伴。

今年的生日，她会请求——不，是要求——道格拉斯叔叔实现她的愿望。她不会再接受任何借口了。

“养宠物只会浪费钱，”道格拉斯叔叔总是这样说，“这是显而易见的。”

“世界上只有这件事能让我快乐，这也是显而易见的！”小艾[1]会这样告诉他，然后冲回自己的

---

①艾格尼丝·甘布尔的昵称。

卧室。

道格拉斯搞不懂小艾，这孩子怎么会这样？他是个房地产经纪人，只搞得懂房产税、房地产泡沫、街边停车位，还有一种叫印花税的东西。爸爸曾告诉小艾，道格拉斯·布里克这个人其实不是她的亲叔叔，而是她的表叔。只不过他们两家走得很近，小艾习惯了把他看成自己的亲叔叔。

卧室里摆放着小艾在上次霜冻之后抢救回来的绿翅兰，她一直在努力让它重新焕发生机。绿翅兰花盆旁边，摆放着小艾和爸爸妈妈——雷纳夫·甘布尔和艾兹莉娅·甘布尔的合照。

一开始，在小艾的生活中，她总能听到人们窃窃私语：

“什么？他们不是很有名的植物学家吗？”

“我听到你们在窃窃私语。哦，是的，没错。正是他们。”每次小艾都会在心里默默地说话。

“在前往澳大利亚采集稀有花朵的过程中，被大叶南洋杉的巨型松果砸中去世的那两位？”

“没错！”小艾一直很惊讶，似乎人人都知道这个可怕的细节。

每次看到与爸爸妈妈的合照，小艾都希望能再次跟他们在一起，能再次听到爸爸在房子周围练习模仿珍稀鸟类的叫声，能再次闻到妈妈身上熟悉的植物清香，能再次被他们两个人的四只手臂紧紧拥在怀中……

可是，一切都不再可能了！大自然已经带走了他们，只留下小艾一个人在这座灰蒙蒙的大城市里生活。家里什么也没有留下，只有这个长着茂盛植物的阳台，能让她记起那个曾经温馨的家。

第一章

一个阳光灿烂的下午，在放学的路上，小艾故意绕了远，来到这座城市她最喜欢的地方——公园。最近，小艾一直关注着新搬来的松鼠一家。它们把家安在池塘边的第三棵梧桐树上，这让小艾有点儿担心。

“也许你应该画一张地图，”小艾一边冲一只松鼠说着话，一边蹲下来捡橡树下面掉落的橡果，“这样你就不会忘记把橡果藏在哪儿了。”

那只瘦瘦的、浑身长着肉桂色皮毛的小松鼠从树干上跳了下来。它盯着小艾看了一会儿，嘴里发出一阵叽叽喳喳的声音。小艾知道它听不懂自己说的话，但还是让自己想象它可能在说：“我不会画画，我只是一只小松鼠。”

理由充足。小艾叹了口气，用一块鲜绿色的手帕把橡果包了起来，还在上面打了个蝴蝶结。然后她从上衣口袋里掏出个小小的日记本，日记本的封面上写着“自然笔记”几个大字，里面记录着她对自然界的观察心得。她写下了“送给松鼠的记号笔”几个字。稍后，她打算把这一条加进她的“能让世界变得更好的发明”清单里。

“我把这些东西留在这儿。”小艾对松鼠说道。她先把手帕包放到最低的树枝上，然后她从书包里翻出一个自行车反光镜（来自道格拉斯叔叔的自行车，那辆自行车他从来不骑，摘掉它的反光镜应该不会被发现），把它固定在手帕包旁边的树皮上。“有这个作为标记，你应该就很好找了。”

松鼠甩了甩尾巴，飞快地蹿上了树。小艾希望松鼠有强烈的好奇心去研究手帕包，这样它就能发现里面的橡果了。

当小艾转身回到小路上时，路边的灌木丛里，一双乌黑的眼睛正窥视着她。其实，那双眼睛已经密切监视她很久了……

小艾并没有注意到那双眼睛。她在池塘边停住脚步，手搭凉棚遮住阳光，向水面望去。布雷肯浅黄鹅[①] 正在游泳，用它们粉红色的喙拨弄水

①原文为Brecon Buff geese，此处为意译名。

草，而淡褐色的羽毛则为它们在水面浮动提供很好的助力。

小艾寻找着鹅群里最小的那只，她经常看到它独自待在岸边，气鼓鼓地筑巢。

“肯尼斯，”小艾将双手拢成喇叭状放在嘴边喊道，“我带了你最喜欢的东西！”

霎时，伴随着水花声和响亮的鸣叫，那只小鹅穿过水面，向小艾冲了过来。其他鹅也注意到了小艾，一起向她游来。

“你在这儿呢！”在小艾说话的同时，肯尼斯已经上了岸，摇摇摆摆地走到她面前，闭上了深棕色的眼睛。小艾抚摸着它软软的脑袋。她之所以给它取名为肯尼斯，是因为在遇到它的那天，发生了件有趣的事：当时这只小鹅一直在啄食她书包里的《柳林风声》，而那本书的作者名叫肯尼斯·格雷厄姆。小艾不明白

这个小家伙为什么这样饥不择食，毕竟，水面上一直漂着人们喂给鹅群的面包屑。

小艾决心搞清楚这究竟是怎么回事。她查阅了爸爸妈妈留下的关于常见水禽的众多资料，了解到面包屑对鹅没什么好处——只能让鹅的肚子变得鼓鼓的，并无法为它们提供所需的营养。

现在，小艾把手伸进口袋，掏出一个纸包，里面装着她特制的营养配餐——燕麦、植物种子、扁豆，还有一些绿色植物。她花了好几周时间完善配方，以满足鹅的口味。“这次我加了葵花子，”她说道，“尝尝看。”

一直监视小艾的那双乌黑的眼睛眨了眨，看起来这个没有经过专业训练的小女孩，已经了解了一群鹅的饮食需求，并配制出了适合它们的营养饲料。这真是让人难以置信。

好吧，想想她是谁的孩子，这倒也没什么奇怪的了。多棒的血统！这个女孩肯定有尚未被发现的超能力。

“我回来啦！”小艾回到了位于公寓第26层的家。

“你好呀，小艾。”道格拉斯叔叔在厨房里回应道。小艾在门口望了望他。他正趴在笔记本电脑前，全神贯注地盯着屏幕。在他身后，锅里正煮着意大利面，热汤马上就要溢出来了……跟往常没什么不同。

小艾摇摇头，决定让道格拉斯叔叔自己看着

办。她迈着沉重的步伐穿过走廊，回到自己的房间。一打开门，她就愣住了。

她的床上有个东西！它跟一只大仓鼠差不多大，有一条尾巴、一对小耳朵，浑身毛发油亮，头是火橙色的，一双乌黑的眼睛被一圈雪白的毛发围在当中，身体的其他地方一团漆黑。

它对小艾眨了眨眼，身体骨碌一转，就用后腿站了起来。小艾这时注意到了它最奇怪的地方——它竟然穿着一套小小的狩猎制服，沙丘米色的，熨得很平整，上面还有很多口袋。

“呃……你好。”小艾思忖着，慢慢走进屋，然后悄悄地把门带上。要是让道格拉斯叔叔发现她的房间里有只动物，他会发疯的。仔细端详过这位不速之客之后，她做出了一个有根据的推测：“你是负鼠吗？”

床上的小动物双手叉腰，挺起胸膛惊呼道：

“负鼠？”

小艾吓了一跳，向后退了几步，靠在房门上。这只毛茸茸的、不是负鼠的动物会说话！她想不通，这怎么可能……也许是某种恶作剧？她慢慢走过去，心跳得像马奔腾一样猛。

“听着，小丫头，我是一只雄性黑象鼩，我的大名是瑞桥昂西·彼得希。”

小艾晕晕乎乎地想要重复这个名字：“瑞……什么西？”

“行了，小姑娘，行了，”黑象鼩说道，“没时间做自我介绍了。”它指了指钉在自己狩猎制服翻领上的徽章，“我是斯派尔协会的外勤特工。跟我走，就现在！”

第二章

“别磨蹭了，小姑娘。我们没有多少时间可以浪费。”黑象鼩站在小艾的床上，一边跺着毛茸茸的小脚，一边不耐烦地盯着小艾。而小艾呢，却在摆弄特制护膝上的尼龙搭扣。

“这些是什么呀？”她一边问，一边用手指捏起尼龙搭扣仔细瞧着，上面涂满了黏糊糊的液体，由于小艾拿起来的时间太长，有几滴已经滴在了地板上。黑象鼩此时已经戴好了护膝，看上去跟小艾的是同款，只是比小艾的小很多。

黑象鼩翻了翻小黑眼珠，说道：“我已经跟你说过了，你真的需要提高你的记忆能力。斯派尔协会的科技制品原料来自大自然。这些护膝上涂的是由蛞蝓黏液制成的胶水。等我们往楼顶爬的时候，它们会帮我们固定身体。”

“你的意思是我们要从这栋楼的外面爬出去？”小艾大惊失色，叫道，“我们可是在第26层！我只是个小女孩，并不是阿尔卑斯山羊①！”

---

①学名羱羊，又名北山羊、高山野山羊。它们主要生活在欧洲阿尔卑斯山雪顶上的岩石间，擅长攀爬陡峭的山崖峭壁。

黑象鼩不耐烦地叹了口气，说道：“不是从外面爬出去，甘布尔小姐。”

说着，它跳下床，用尾巴拉开挂在小艾衣柜旁边的镜子。镜子后面露出一个黑黢黢的洞口，大约有垃圾桶盖那么大。“我之前独自用仿尼罗鳄[①]的挖洞铲挖出了这条通道。等会儿我们往楼顶爬，需要把身体固定在洞壁上。”

“可是我们为什么要往楼顶爬？”

“当然是去等斯派尔协会的蜻升机来接我们。”黑象鼩回答道，“我们不能走楼梯，否则你叔叔会发现。哦，说到你的叔叔……”

它在小艾的衣柜门上敲了三声，嗒、嗒、嗒，听上去像是暗号。很快，门开了，一只身穿绿色灯芯绒连衣裙、紫色长袜，头上戴着一顶红

---

①爬行动物，非洲体形最大的鳄鱼，擅长挖洞为自己建造巢穴，最深的尼罗鳄洞穴可达12米。

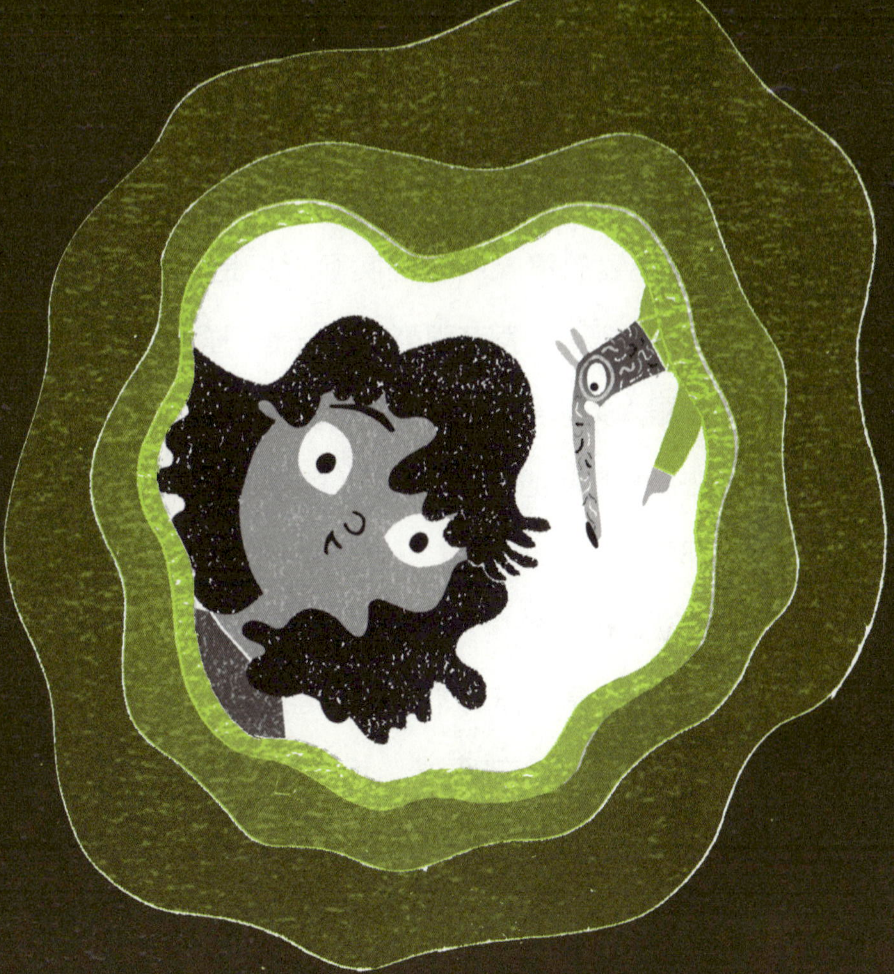

色假发的黑猩猩走了进来。

“我的衣服！”小艾压低声音叫道，“这是什么情况？”

黑猩猩立正站好，噘起厚厚的粉红色嘴唇，看起来像是要放声嚎叫，但实际上只是轻声说道：“我的衣服！”声音跟小艾的一模一样。然后它以一种跟人类非常相似的步态走到小艾的床边，坐了上去。它盘起腿，开始看书，就像小艾每天晚上做的那样。

“这位是拉尔夫，”黑象鼩解释道，“它受过训练，可以模仿你。不过，只能是背影和声音。接下来它会做你的替身，这样你叔叔就不会发现你不在家了。”

小艾大吃一惊，她眨了眨眼，说道：“可是……它是只黑猩猩啊。”

黑象鼩点点头，说道：“没错，我们已经发现，

在短时间内，大多数孩子都可以用黑猩猩替代。”

小艾不禁张大了嘴巴。她想象着道格拉斯叔叔走进她的房间，看到一只穿着人类衣服的黑猩猩坐在她的床上，还有一只盛气凌人的黑象鼩在发号施令……她赶紧捂住嘴巴，防止自己笑得太大声。这太神奇了，简直让人难以置信。

“你还没说我为什么要跟你走呢，”小艾说道，“我都不知道斯派尔协会是什么，你为什么会说话，就连你的名字我都不知道。”

黑象鼩清了清喉咙，挺直了身子，说道：“我的名字是瑞桥昂西·彼得希，我之前已经说过了。”

“那是你的大名，”小艾指出，“平时人们可不会管你叫这个。”

“我的朋友们管我叫阿滕伯勒。”黑象鼩摸了摸自己的毛，嘟囔道，“你也可以叫我阿蒂。”

“阿蒂，”小艾微笑着说道，“很高兴认识你。”

小艾说着伸出了手。此时，她的手上已经沾满了蛞蝓黏液。

阿蒂转了转眼珠，挑起眉毛说道："我可不是来这里交朋友的。"

它又骄傲地指了指自己狩猎制服上的徽章。小艾凑近去看，看到上面有一个圆形的动物头像，中间似乎还有一个小灯在闪烁。

"这个通信徽章就是我能跟你说话的原因。它采用的是琴鸟① 技术，可以帮助不同的物种进行交流。它也是斯派尔协会的徽章。我们斯派尔协会以保护珍稀物种与解救陷入危险物种为使命。"

"珍稀？"小艾皱了皱眉，问道，"什么样的动物算是珍稀呢？"

---

①因求偶炫耀时尾羽展开的形状犹如一张竖琴而得名。它还被誉为鸟类中的"口技大师"，不但能模仿其他鸟类的鸣叫声，还能模仿人类社会的各种声音，如汽车喇叭声、火车喷气声、斧头伐木声、修路用的碎石机声及领号人的喊叫声。

“我瞧瞧……”阿蒂看了看它的记事本，说道，“你听说过红冠树鼠吗？”

小艾望向她的书架。在她五岁的时候，爸爸送给她一本书——《世界上的啮齿动物》。她把那本书读了一遍又一遍，但她完全想不起来里面有关于红冠树鼠的介绍。“呃……没听说过。”

“这就对了！因为它们既珍贵又稀有。珍稀物

种中的某些甚至处在极度濒危的状态，需要我们斯派尔协会的帮助。”

小艾走向她的床头柜，上面摆放着她爸爸妈妈的照片。

“我不明白，我爸妈对自然界的一切都了如指掌，可他们从没跟我提过斯派尔协会。”

阿蒂低头看了看自己毛茸茸的小脚，说道：“没错，你爸妈严格遵守了我们斯派尔协会的保密协议，包括对你。”

小艾瞪大了眼睛，说道：“我爸妈知道斯派尔协会？”

阿蒂点点头。“他们和我一样，也是外勤特工，不过，我从未有幸与他们共事。自从有了你，他们就退出了斯派尔协会，他们觉得这份工作太危险了。”它顿了顿，接着说道，“后来斯派尔协会的同事听说了在澳大利亚发生的事故，都很震惊。我们很遗憾……”它的声音开始颤抖。

小艾叹了口气，深情地凝视着照片中爸爸妈妈的脸庞。斯派尔协会特工？她的爸妈？难道他们从事的是听上去很危险、很重要的工作吗？他们是她认识的最勇敢、最聪明、最可爱的人。她本以为自己了解关于他们的一切，但她错了，还有一些事情是她不了解的，而且是非常神奇的事情。

“现在你希望我跟你走？”她想起阿蒂前面说的话，问道。

阿蒂点点头。看上去，它的热情跟五分钟前比起来似乎有所消退。“来，把手套也戴上，上面也涂了蛞蝓黏液。我先走。”

阿蒂甩了甩尾巴，消失在墙洞里。小艾把头探进去，看到通道是弯弯曲曲的。此时，阿蒂已经把身子平贴在洞壁上，平得如同一块象鼩形状的地毯。“你需要摇晃身体，”它说着便摇晃起来，

仿佛在跳桑巴舞，“照着我的样子。”

阿蒂的样子很滑稽，特别容易引人发笑，但小艾太紧张了，根本笑不出来。当她戴上攀爬手套钻进洞时，她感觉自己的胃里开始翻江倒海。尽管她的手和膝盖像铁块被磁铁吸住一般被牢牢地吸在洞壁上，但爬到一定的高度后，她完全丧失了用余光瞥一下下面的勇气。

追随爸妈足迹的想法使她下定决心，只要跟着阿蒂，说不定她会发现更多关于他们……也许是关于自己的秘密。这也是个好机会，让她可以逃离和道格拉斯叔叔在一起时沉闷的、没有宠物的生活，去她最向往的地方——大自然——闯荡。她咽了一口口水，侧着脑袋，仰望上方。阿蒂的尾巴在不停地摆动，而它的身体则一扭一扭地不断向前。

“快跟上来，”阿蒂喊道，回音在整条隧道里萦绕，“我们没有多少时间可以浪费！”

第三章

斯派尔协会的蜻升机——一种能像蜻蜓那样盘旋，还能突然急转弯的小飞机，降落到城市另一边一栋摩天大楼的直升机停机坪上。爬出蜻升

机的时候，小艾的耳边传来螺旋桨叶片旋转的噪声，风吹得她身子发抖。

“把头低下，甘布尔小姐！”阿蒂嘱咐道，然后便朝通往大楼的楼梯间走去。小艾最后望了一

眼蜻升机——她还是第一次坐蜻升机。她关上舱门，再次给自己鼓劲，然后跟上了阿蒂的脚步。

“我知道这个地方，”小艾对阿蒂说，因为她注意到大楼一侧有一个猫咪形状的标志，“这里是毛毛脸猫咪食物大厦。”

“我们需要一个幌子来给我们的真实身份打掩护。”阿蒂解释道。“反正不是猫粮就是饼干，”它伸出舌头，仿佛仅仅提起这两种食物就让它觉得恶心，“斯派尔协会的董事会里有几只大猫，什么事都是它们拿主意。我曾提议叫炸香蕉大厦，但是……”

“炸香蕉？”小艾皱了皱眉，说道，“我还没听说过象鼩吃炸香蕉。”

“一般的象鼩当然不吃，”阿蒂澄清道，“但我们黑象鼩特工的主食，向来是南瓜子炸香蕉三明治。快别啰唆了，我们已经迟到了。”

阿蒂带着小艾走下一段螺旋形的楼梯，接着搭乘一部不锈钢电梯。电梯下降时播放起了乡村音乐。站在小艾身边，阿蒂只到她膝盖的位置。阿蒂愉快地吹着口哨，小脚随着音乐有节奏地拍打。小艾决定要在《自然笔记》里另起一页，记录她对阿蒂的观察。她琢磨着阿蒂的拍打节奏，脑中闪过一个问题：是所有黑象鼩特工都喜欢乡村音乐，还是只有阿蒂有这个爱好？

电梯停了，电梯门向两侧打开，眼前的景象让小艾屏住了呼吸——一个明亮的房间，像足球场一样宽敞，天花板很高，地板擦得锃亮。人类与其他动物都带着平板电脑和手机在房间里来回穿梭，有的小跑，有的飞翔。一些成员像阿蒂一样穿着笔挺的狩猎制服，另一些成员则穿着潜水服、迷彩服或是飞行员服。小艾注意到他们身上都别着斯派尔协会的通信徽章。

房间的后面有一个接待台，上面嵌有一个巨大的斯派尔协会标志。一只大块头、黑眼睛的熊正坐在接待台后面。小艾仔细观察它：锋利的爪子、厚实的皮毛、身高超过一米八……是北美灰

熊，她很快做出了判断。

阿蒂带着小艾走了过去，踮起脚尖，打了个招呼：“下午好，布鲁蓓儿。”

灰熊笑了，露出一口米白色的尖牙。“嘿，阿蒂！”它的声音很温柔。它朝阿蒂和小艾眨了

眨眼。小艾注意到阿蒂摇了摇尾巴。

布鲁蓓儿拿起一支毛茸茸的粉色钢笔，在桌上的名单上画了一下。“真准时，一如既往。指挥官可以见你，听说你要跟甘布尔小姐一起过来，它把跟那些德国调查员的会面时间延后了。”它用爪子指了指不远处几只身穿黑色西装的德国牧羊犬，此时它们正卧在一扇红色大门外的狗垫上，门口站着两个人类警卫。“德国调查员要来汇报阿克塞尔·贾布哈特的情况，那个坏家伙又现身了。”

当阿蒂带小艾朝警卫走过去时，阿蒂的眉头紧皱了起来。“贾布哈特是斯派尔协会的敌人，”阿蒂向小艾

解释道，“稀有昆虫的非法收集者。”

小艾不禁打了个冷战。“指挥官是什么样的人？”她低声问道，试图岔开话题。

“我们的指挥官是斯派尔协会有史以来最聪明、最强悍、最勇敢的外勤特工。”阿蒂回答道，“一会儿见到我们的指挥官，你一定要有礼貌，不是什么人都能得到他的接见的。”

从红色大门进去是一间豪华的办公室，里面有好几个红木书柜。书柜上摆着古董地球仪和黄铜望远镜，旁边是《物种起源》《白鲸》之类的大部头。

房间的远端是一张巨大的办公桌，办公桌后面有一把黑色椅子，背对着他们。阿蒂轻声咳了咳。小艾注意到它的尾巴又摇了摇，她很好奇这是不是阿蒂紧张时的下意识动作。

在黑色椅子慢慢转过来之前，小艾完全想不出坐在后面的会是什么生物。斯派尔协会的接待员可是一只熊啊！他们的指挥官又会是怎样的狠角色呢?

当椅子就快完全转过来时，小艾倒吸了一口凉气。椅子两边的扶手上各自搭有一只黑色翅膀，靠在椅子上的是由羽毛覆盖着的健壮胸膛。它的光头上有明显的疤痕，皱巴巴的脖子红红的，一

块粉红色的肉垂从它的喙的前端垂下来。

小艾不需要再观察指挥官的生物特征，便能判断它是什么生物——火鸡是很好认的。

“干得不错，阿滕伯勒，”指挥官用嘶哑的声音说道，肉垂也跟着一起颤动起来，“你真是斯派尔协会的中流砥柱。”

指挥官站起身，脖子上的羽毛扑棱着渐次展开了。它从办公桌后面走出来，腰上系着一条帆布百宝带①，上面是各种工具和小玩意儿，大部分是小艾从未见过的。

“你是只火鸡？”小艾脱口而出，又赶忙捂住嘴，她其实并不想说出来。

指挥官清了清喉咙。“跟你想象的不大一样，嗯？”它说道，“很快你就会明白，在斯派

①一种带有插口的宽腰带，便于携带各种工具或武器。经典动漫形象蝙蝠侠便拥有这样的腰带，故“百宝带”也被译作“蝙蝠带”“万能腰带”。

尔协会，大家都各司其职，不管是人类，还是猫鼬。”它朝小艾伸出一只被羽毛覆盖着的翅膀，说道：“我叫菲尔。”

小艾握了握指挥官的翅膀，同时小脸变得通红，连脖子根都红了。她本该知道不可以以貌取动物，动物世界里往往充满了“欺骗”与“狡诈”的花招。这是她的爸爸妈妈最早教给她的事情之一。

“我想阿滕伯勒已经向你解释了我们为什么请你到这里，”说着，菲尔指挥官转了转书架上的古董地球仪，“我们一直在寻找有天赋的特工，帮助我们完成一些重要的工作。我们已经观察你一段时间了，斯派尔协会的一些成员认为你能够成为一名出色的外勤特工，就像你的父母那样。”

“你们想让我成为一名外勤特工？”小艾指着自己说道。她的身体因为震惊而变得有点儿不听

IT

使唤。她不敢相信斯派尔协会派阿蒂带她来这里竟是为了这个。

“是的，你要先接受训练。然后，等我们认为你已经做好了准备，就会派你去执行第一个任务。如果你能成功完成任务，你将会被聘为正式外勤特工。”

小艾盯着菲尔指挥官，一时说不出话来。世界仿佛停止了转动。

阿蒂碰了碰她的膝盖，一脸严肃地说道：“喂，你——愿——意——吗？”

“我……”小艾深吸了一口气。有机会追寻爸爸妈妈的脚步，以另一种方式接近他们，继承他们保护珍稀物种与解救陷入危险物种的使命，这实在是太棒了！虽然这项使命听上去很离谱，但是让她无法抗拒。“好，”她轻声说道，“好的，我愿意。”

“太棒了！”菲尔指挥官轻轻拍打了一下翅膀，发出一阵“咕噜噜”的笑声，“可以开始训练了。”

第四章

训练正在进行

训练室门外红灯闪烁。“训练正在进行。”扩音器里传出机器人的声音，“训练正在进行。”

小艾整理了一下穿在身上的连体制服。她可以听到门的另一边传来低沉的喊叫声和“砰砰”声。她又低头看了看阿蒂，想知道自己是否后悔答应了菲尔指挥官。

这时只听“咔嗒”一声，红灯变成绿灯，随后门开了一道缝。阿蒂带着小艾走了进去。

他们走进了一个巨大的场馆，墙壁上贴着软垫，天花板上装有射灯。有弹性的橡胶地板正中间放置着一个银色攀爬架，就是小艾经常看到的很多孩子在放学后会到公园里玩的那种。

绳梯和铁索从几个不同的地方垂下来，还有其他物品——一大堆香蕉、两块花花绿绿的卧室窗帘、几个椰子，以及各种款式的威灵顿长筒靴[①]。还有一个水池，上面是漂浮着的浮木，下面是纠缠打结的水草。

小艾要开始训练了，她不确定自己在期待什么。她注意到有红色的光在她的斯派尔协会专属运动鞋前端闪烁，于是拉了拉阿蒂的袖子问

---

①18世纪，由威灵顿将军设计的一种过膝长靴。

道：“这是什么？”

“传感器，”阿蒂一边回答，一边掸了掸她刚才碰过的地方，“它会记录你的各项体能数值，这样到最后我们就能判断该让你去执行哪一项外勤任务。”

小艾咽了口口水，她必须先完成训练。

当阿蒂把她带向场馆正中间时，小艾注意到有三个身影在不同角落的阴影里活动。阿蒂清了清嗓子，它们便站住了。“各位，向你们

介绍我们的新成员，艾格尼丝·甘布尔。”

阿蒂把小艾带到它们面前。小艾站得笔直，阿蒂向她一一介绍起来。首先是一只野兔，浑身是银棕色的软毛，长着长长的耳朵，耳根处系着一条卡其绿头巾。每当它对着悬挂在架子上的沙袋打出强有力的组合拳时，它的耳朵就会上下拍打起来。

“这位是玛琳队长，”阿蒂低声对小艾说，“它是我们的爪对爪格斗常驻专家，你将从它这里学到格斗秘技——动拳道。动拳道结合了不同动物的战斗技巧，是特工最好的防身手段。”

小艾仔细观察了玛琳队长皮毛上的黑色斑点，断定它是一只欧洲野兔。欧洲野兔每小时可以奔跑45千米，后腿强劲有力，非常擅长格斗。难怪玛琳队长是斯派尔协会的格斗常驻专家。

玛琳队长歪着脑袋，注意力全在沙袋上。它

先是蹲得很低，然后突然腾空，用长长的后腿猛踢过去。小艾之前看过欧洲野兔格斗时的录像，但玛琳队长的动作有些不同。它的动作让小艾想起了其他动物的打斗场面。玛琳队长现在做的是腾空三周踢，并发出狼一样的嚎叫声，接着转过身，像猴子一样上下跳，再用拳头猛击沙袋。沙袋随着惯性飞向了攀爬架，一旁的香蕉、椰子和威灵顿长筒靴被弹开，经过橡胶地板的反弹，在场馆里乱飞了一阵，发出冰雹砸地般的响声。

当玛琳队长转向小艾时，小艾紧张地攥紧了自己的袖管。

“怎么样，孩子？期待你的第一堂课吗？”它歪嘴笑着，眼睛是明亮的淡褐色。

“呃……”小艾一时不知道该怎么回答，“我不知道我能不能成为您这么厉害的格斗家。”

“啊，这些招数你很快就能学会。”玛琳队长说着，用爪子蹭了蹭小艾的红头发，“我一开始也害羞，跟个没见过世面的小崽子似的。你需要的是敏捷、力量和快速反应能力。我们会帮你成为一流特工的。”

小艾把玛琳队长的建议记在心里。她跟阿蒂朝下一个角落走去，那里有一张黑白两色的空椅子。可当他们走近时，椅子晃了一下，打了个滚后，变成了一头圆滚滚的熊。它的脸是白白的，眼眶周围是黑色的。

小艾眨了眨眼，发现这是一只大熊猫！她从来没有在现实生活里见过大熊猫，只在爸爸妈妈拍的照片里见过。

大熊猫正在吃竹子，它一脸困意，下嘴唇上挂着一串口水。

“叫……我……肚遁侠。”大熊猫缓缓说道，语气非常温柔。它一边说一边咀嚼。

“我会……教给你……斯派尔协会的……伪装要领……你……执行任务……或者……遇到麻烦……它能帮助你……躲起来……”

它身边有各种道具，包括两副眼镜、两片树叶、一沓折纸、一个调色板，还有一顶大帽子。随着一道黑白相间的光闪过，肚遁侠已经用爪子

抓起了几样东西，并把其中一部分抛向了空中，同时还抖了抖它那厚厚的皮毛。当半空中的物品落回它的爪子中时，小艾注意到它正一边在脸上涂色，一边调整折纸的角度，还把其中一片树叶塞在了腋下。

只用了几秒钟，它就完全变成了一株热带绿色植物，开着带刺的紫色和橙色的花。小艾看呆了。这真的很了不起！这时肚遁侠又开口了，用低沉的声音说道："出色的特工……总是需要……很大的决心……耐心……还要……够狡猾……每一样都具备……你才能……成功。"

小艾咬了咬嘴唇，记在心里。当她跟着阿蒂走向下一个角落时，她眉头紧皱起来。一开始她没看出面前是什么动物，它正对着一个巨大的喷气式发动机的横截面进行机械维修，动作非常快。小艾数了数，至少有八条闪闪发光的银白色"手臂"连接在这个生物的身体上，其中五条攥着不同型号的扳手和螺丝刀，另外三条用来支撑它的身体以使它能够直立。此外，它还有两条长一些的触手，像尾巴似的无力地垂在身后的地板上。

“这位特工是鱿鱼吗？”小艾低声问道。她知道章鱼没有额外的两条触手，除了鱿鱼，她想不出动物世界里还有哪位有这么多条触手。

阿蒂点点头，并没有向小艾解释鱿鱼怎么能离开水生活。当小艾走近时，鱿鱼停下手里的工作，转过身来。小艾看到它全身都被包裹在一套充满液体的透明橡胶制服里。它有一个三角形的脑袋、一对水汪汪的黑眼睛，笑的时候嘴巴张得很大，几乎占了整张脸。它还用一条触手向阿蒂摇摇晃晃地敬了个礼。

“艾格尼丝，这位是斯派尔协会头号飞行员兼工程师，阿里斯托芬。”

小艾摇摇头，说道：“飞行员？可鱿鱼是在海洋里生活的呀。”

“啊，甘布尔小姐，”阿里斯托芬开口了，它的声音似乎是通过这套特殊制服上的一个扬声器装置传出来的，“没有生物比我们鱿鱼更了解喷射推进，我们在水下就是这样行进的。我很乐意今天下午向你介绍相关的基础知识。”它把脑袋从左到右转了一整圈，说道：“但我需要先找到我的六角螺丝刀……”

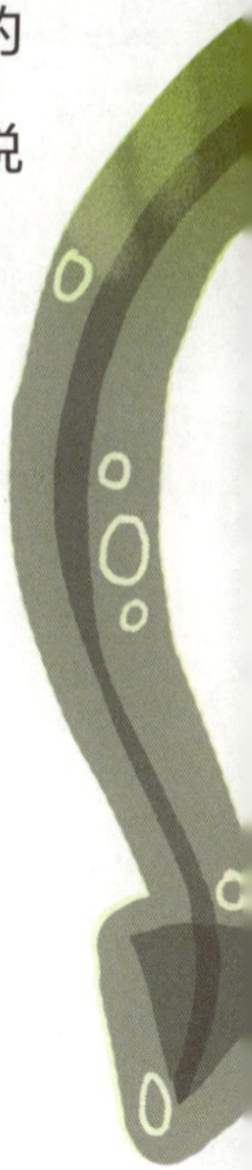

小艾注意到在阿里斯托芬的一条触手的下面露出来了一点儿东西。她弯下腰，把它抽了出来，原来是一个银色的工具。她问道：“您要找的是这个吗？”

“啊哈！”阿里斯托

芬发出高兴的欢呼，“我想你会成为一名出色的特工的——对细节的关注、想象力和勇气，这些都必不可少。现在如果你不介意，我要先把手上的活做完。在带你进行飞行训练之前，我得把这玩意儿修好。”

回到场馆中央，小艾回顾了特工们告诉她成为斯派尔协会的优秀特工所需要的各种素质。长长的能力清单让小艾有些发慌。她的爸爸妈妈一定具备这些能力，但她既没有他们的经验，也没有他们的学识，她怎么可能做到呢？她做过的事情就只有上学和跟道格拉斯叔叔一起生活。现在，她有点儿好奇，道格拉斯叔叔跟她的替代者黑猩猩相处得怎么样。

这一下午时间过得飞快。小艾先是跟玛琳队长学了动拳道的基础动作。小艾的反应能力非常强，也许是之前躲避愤怒的鹅，以及尽量避免踩到松鼠尾巴的训练起了作用。她想，她一定比自己想象的厉害，不过说实话，她之前从没有对拳击沙袋进行过“飞行鼯狗闪电攻击”，所以没办法进行比较。

肚遁侠教了小艾两种初级伪装术：沙堤和丛林树桩。这两种伪装术都需要小艾娴熟掌握一系列步骤并进一步完善动作细节，从而实现整体的隐遁无形。这两种伪装术的技术要领都在于快速与精准。

肚遁侠留给她的作业是，要记住只用一件白衬衫和一把镊子就能将自己隐藏起来的具体步骤。

在阿里斯托芬的指导下，小艾学起了飞行，并进行了一个小时的模拟练习。之后，阿蒂给她串讲了《斯派尔协会特工手册》中的要点，其中《如何安抚咸水鳄》一章很有启发性。这本手册是用好几种语言编写的，包括两种狒狒语。

阿蒂给了她一枚斯派尔协会的通信徽章，用来跟来自动物王国的其他动物交流。最后，

它带小艾来到食物准备车间，教她做南瓜子炸香蕉三明治。“我们可能一起工作，请你务必掌握这个配方，”每当小艾抹多了混合酱料，阿蒂就会提醒道，“不是标准配方。”

第二天，小艾又做了南瓜子炸香蕉三明治，只是为了练习。

接下来的一个月，小艾每天都会来到斯派尔协会总部的训练室进行练习。道格拉斯叔叔对此似乎并没有察觉。小艾每天晚上都会因额外的学习和训练而疲惫不堪：跟玛琳队长一起做拉伸和对战训练，让她的肋骨疼痛不已；长时间在飞行模拟器上专注练习，让她的眼睛变得酸涩难耐。但成为外勤特工的渴望让她坚持了下来。随着身体日益强壮，她的信心也越来越足。

终于，那个时刻到来了。阿蒂拍拍她的肩膀，说道：“可以了，你的训练很有成效。特工们认为你已经准备好了。”

小艾兴奋地期待着。准备好了会做什么？当菲尔指挥官把他们叫到情报室时，小艾深吸了一口气，挺起了胸膛。

阿蒂在前排坐下，小艾坐到它旁边，玛琳队长、阿里斯托芬和肚遁侠则在后排落座。

“我们已经对你的训练成绩进行了分析，甘布尔小姐，”菲尔指挥官说着，抖了抖胸前的黑色羽毛，“很不错。我们认为你已经可以进入下一阶段的训练：外勤实习训练。你的第一个任务已经确定，执行完这个任务之后，我们将判断你是否有能力成为斯派尔协会正式外勤特工。”它指了指身后那台怪模怪样的打印机，此刻那台打印机的周围萦绕着粉红色的烟雾，一份任务简报正顺着纸卷被打印出来。

菲尔指挥官清了清嗓子，说道：“我们知道，雨林被砍伐正在对生活在雨林中的生物的栖息地造成破坏。上周，斯派尔协会的任务是将大西洋雨林中一窝濒临灭绝的内格拉蜂[1]迁移到两百千米以外的一个安全避难所。这些内格拉蜂为当地许多珍稀植物授粉，是当地生态系统的重要组成部分。不幸的是，一场突如其来的雷雨让那里的情况变得有些复杂。在匆忙迁移的过程中，蜂王在清点蜂群时出现了计算错误……有一只内格拉蜂被落下了。”

---

①此处为音译名。

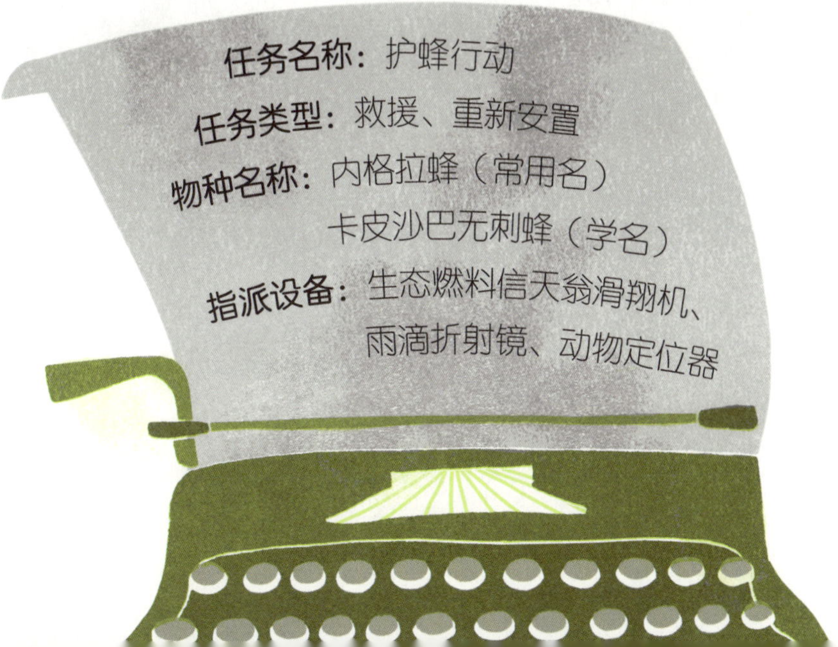

在小艾身后，其他特工都发出了惊呼声。

“掉队的内格拉蜂还很年幼，”菲尔指挥官继续说道，“它有可能会迷失方向，而且更麻烦的是，过去两天里，有目击者报告阿克塞尔·贾布哈特那个大坏蛋也恰好在大西洋雨林出没。现在这只去向不明的内格拉蜂处境很危险。”

“艾格尼丝、阿蒂，你们务必救出这只内格拉蜂，把它安全送到已经迁移到斯派尔协会保护区的蜂巢。你们明天一早出发，走大西洋中部的空中路线。务必小心，雨林中会有危险，跟总部联络也可能不畅。”

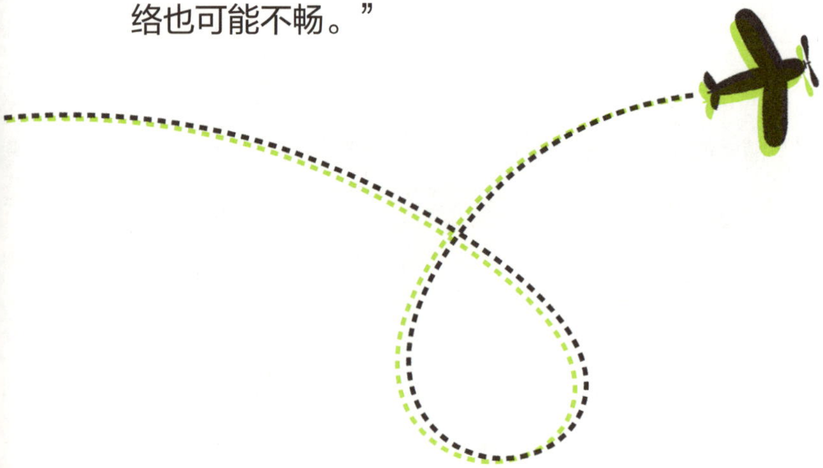

第五章

小艾把头探出信天翁滑翔机的窗口，挣扎着喊道：“阿蒂！导航视频信号又没了！”小艾希望阿蒂能在呼啸的风声中听到她的喊话。南大西洋上空的一场暴风骤雨干扰了他们的导航设备，阿蒂不得不把自己绑在滑翔机的机顶，充当临时导航员。

他们一直在郁郁葱葱的热带雨林中滑行，雨林里的空气又热又黏。小艾调整好自己的护目镜，看到河流在密密麻麻的树木间蜿蜒；颜色鲜艳的鹦鹉成群结队，从一棵树飞向另一棵树。小艾还看到一只五彩斑斓的鸟正在树枝间来回跳跃，绿松石色的羽毛让它格外显眼。正当小艾准备把这个拥有各种稀奇古怪的动物的地方作为自己的落脚点时，突然一个声音传了过来。

"咔啦……咔啦……甘布尔特工，能听到吗？"

小艾转身回到驾驶舱，看到屏幕上出现了一段视频——一只橙色嘴巴的马可罗尼企鹅[①] 正在用

---

①一种冠企鹅，它的额眼之间长有引人注目的金色羽毛。故它的拉丁学名是*Eudyptes Chrysolophus*（古希腊语，"金色头冠"之意）。而它的音译名"马可罗尼企鹅"中的"马可罗尼"则源于英文通用名"Macaroni"（泛指18世纪那些崇尚意大利文化、打扮浮夸、梳着金色发型或者戴着金色假发的英国男子）。

脚蹼在键盘上敲字。“我已经进入滑翔机的飞行控制系统，”企鹅说道，“我可以引导你降落，但我对飞机一窍不通。所以你要配合阿蒂的指示……咔啦……咔啦……”

随着一阵嘈杂声，视频消失了。小艾咽了口口水，紧紧握住操纵杆——一根控制滑翔机飞行高度的小杆子。她的手控制不住地颤抖起来。

阿蒂在机顶上喊道：“右侧有一块空地，方向是零——三——零。下降到三百零五米。”

小艾努力回忆阿里斯托芬在飞行模拟器上教给她的东西。她把滑翔机拉向右边，降低高度。

“现在，准备降落！”阿蒂喊道。机翼掠过树冠，发出一阵噼啪声。“保持住，我们就快到了！”

一段藤蔓落在滑翔机机头处，缠住了螺旋桨的叶片。发出巨大的响声后，发动机停止了工作。“拜托！”当还有几米就要撞到地面时，小

艾不由自主地叫道，同时猛拉操纵杆，于是滑翔机在一棵长着尖尖豆荚的大树根部轰然落地。

小艾深吸了一口气，全身仍然颤抖不止。昆虫在她周围嗡嗡作响，又热又黏的空气中弥漫着湿漉漉的泥土的气息，显然这里的一切都充满了生命力。突然，她的耳朵一阵刺痛，因为她听到了不远处一只金狮狨猴独特的啸叫声。

“阿蒂，你还好吗？”小艾问道。

“当然！坏的是发动机！”阿蒂喊道。

收拾好背包，小艾从滑翔机里钻出来。阿蒂站在铺着树叶的地面上，认真地盯着一个小小的黄铜罗盘。

“真倒霉！”阿蒂开口道，“我们已经飞过了原来预定的着陆点，现在偏离那只失踪

的内格拉蜂最后出现的位置有好几千米。”

小艾的心一沉，但她还是提醒自己要保持信心。她的爸爸妈妈执行斯派尔协会任务时，肯定不会因这样的困难而动摇。“我们要寻找线索，那只失踪的内格拉蜂肯定会留下痕迹。”她坐到一棵粘叶豆的巨大树根上，把菲尔指挥官给他们的任务简报又读了一遍。

“这上面说，内格拉蜂通过嗡嗡声交流，”小艾对阿蒂说道，“也许我们应该先确认失踪的内格拉蜂有没有发出求救信号。”

阿蒂一边检查螺旋桨的叶片，一边点头说道：“好主意！但在户外这么嘈杂的环境里，很难听到内格拉蜂的声音。试试这个动物定位器。”它从背包里掏出一个像是银色小收音机的东西，丢给小艾。“它的工作原理与蝙蝠的回声定位原理是一样的，通过发出超声波以及检测回声来判断某种动物的位置。你需要先调整频率，找到你要找的动物发出的回声。”

动物定位器的正面是一个屏幕，旁边有一个旋钮。小艾转动旋钮，只听“咔嗒”一声，屏幕亮了起来，上面显示出雨林的地图。突然，里面的喇叭先是发出一阵“噼里啪啦”的乱响，接着发出一种低沉的呜呜声，然后是一声“咿——哦”。小艾跟爸爸妈妈玩过很多次根据珍稀鸟类叫声进行捉迷藏的游戏。所以，她知道那是红嘴凤冠雉——一种长有闪亮的黑色羽毛的大型地面觅食类鸟的声音。红嘴凤冠雉的位置被标记在屏幕上的地图上，但小艾没有理会，继续转动旋钮。

接下来，她听到了北绒毛蛛猴独特的叫声，然后是红眼树蛙的呱呱声，但这些都没什么用。

她不停地转动旋钮，仔细辨认每一种声音，寻找着失踪的内格拉蜂。

一个多小时过去了，小艾感觉到有一个毛茸茸的东西碰了碰她的膝盖。“别灰心，甘布尔特工。”阿蒂抬起头，对她微笑着说道，“操作动物定位器需要足够的耐心，你做得很好。”

尽管很感激它的鼓励，但小艾还是不免有些丧气地说道：“可我还是没找到那只内格拉蜂。时间不多了。”

“让我们换个方法吧，”阿蒂晃了晃它的长鼻子，思忖片刻后说道，“你要不要把你的斯派尔协会通信徽章打开，然后再试试？”

好主意。小艾豁然开朗，照办了。当她再次转动动物定位器的旋钮时，她听到的不再是动物的叫声，而是两个非常缓慢的声音。

“瞧瞧它……在那儿呢，”一个带着困意的声

嘘！
嘘！
嘘！

音说道，“只有它一个。”

“我猜……它的蜂群……一定……在找它。”第二个声音说着，打了个哈欠。

“我想……你说得……对，”第一个声音回答道，“每只蜂……对于它的蜂群……都很……重要。”

“阿蒂，你听到了吗？”小艾激动得双手颤抖，“我想它们说的就是咱们要找的那只内格拉蜂！”

阿蒂看了一眼动物定位器的屏幕：“它们在那儿。快走！”

小艾和阿蒂钻进树林，朝屏幕指示的方向走去，最后他们来到了一片空地上。在那里，他们

看到一棵粘叶豆上挂着两只毛茸茸的动物，它们有着长长的四肢、圆圆的脑袋和扁扁的脸。小艾一眼就认出了它们——两只鬃毛三趾树懒。难怪它们说话速度那么慢，它们可是动物王国里动作最慢的动物之一。

“打扰了！”小艾一边叫着一边向它们挥手，“我们在找一只迷路的内格拉蜂，你们能帮帮我们吗？”

树懒们开始慢慢地转头。看到这种慢动作，阿蒂不由得用爪子抹了把脸：“我们可没时间等下去了。”

只见阿蒂三蹦两跳蹿上了树，来到树懒们的面前，通过自己的通信徽章，火急火燎地问了它们几个问题。小艾饶有兴趣地看着眼前这滑稽的一幕。树懒们终于指向了地面附近的一小片绿叶。

事不宜迟，她赶忙跑了过去，发现上面果然有一只内格拉蜂，个头只有她的指甲盖那么大。她急切地喊道：“阿蒂，我找到它了！”

“太棒了！”阿蒂从树上跳下来，来到小艾身边，“你先退后，我来给它装上通信徽章和雨滴折射镜，检查一下它有没有受伤。”

小艾并不知道雨滴折射镜是什么，但她还是让开了，好给阿蒂腾出位置。片刻后，一张极其夸张的内格拉蜂全息图出现在内格拉蜂躺着的位置旁。

现在，内格拉蜂看上去跟小狗一般大，身

体的所有细节都被看得一清二楚。它的脸胖乎乎的，又大又圆的身体上布满了天鹅绒般的黑色绒毛，绒毛上面点缀着金黄色的小斑点。

“咦？”内格拉蜂开口了，它在阿蒂和小艾之间来回打量，触角不停地抖动着，“你们是谁呀？为什么我感觉自己变大了？”

“别害怕，”小艾走上前，用温柔的语气说道，“我叫小艾，这位是阿蒂，我们是斯派尔协会的

特工，是来帮助你的。我们用一个特殊的工具把你放大，这样就能更清楚地看到你的样子了。”

内格拉蜂犹豫了一会儿，然后开始兴奋地拍打翅膀。“很高兴见到你们，小艾、阿蒂！我叫埃尔顿。”当它在叶子上晃动身体时，小艾注意到它的六条腿中有一条无力地垂着。

“哎呀，”小艾说道，“你受伤了？”

埃尔顿的触角耷拉了下来，小声说道：“是的，暴风骤雨肆虐的时候我摔在了地上，结果就弄成了这样。我想那条腿应该是断了。我没办法飞得更高，太疼了。”

“别担心，”阿蒂跳上前来，拿着一个胶带测量器测量全息图中埃尔顿的伤腿，安慰道，“我马上就做一个夹板，然后我们准备在这里扎营。”它眯起眼睛向树冠上方瞧了瞧，继续说道：“天就快黑了，明早我才能修理滑翔机，等修好我们就离开。”

“夹板？给我的？”埃尔顿高兴得连身上的绒毛都颤抖起来，“我以前从没用过夹板，能不能弄好看点儿呀？加点儿花边好吗？”

“我们斯派尔协会从不用花边。”阿蒂没好气地说道。

小艾看到埃尔顿的触角再次耷拉了下来。她使劲瞪了阿蒂一眼。

“我的意思是，”阿蒂很快解释，“我们通常不用花边装饰，因为效果不好。”

“好吧，”埃尔顿耸了耸肩，说道，“我想你是对的。”

小艾对阿蒂微微一笑，指了指制服上的徽章，说道：“斯派尔协会就是以保护珍稀物种与解救陷入危险物种为使命的。”

“就是你们帮我们蜂群搬家的，对吧？”埃尔顿说道，“你们知不知道它们现在怎么样了？它们……它们都走了，只剩下我一个。”它的翅膀不动了，整个身体趴在树叶上。“暴风骤雨来的时候，我正在外面授粉。腿受伤之后，我就没有办法及时回去了。”它泫然泪下，“我好想它们啊，我想不通它们为什么会把我忘了。”

小艾蹲下来，跟埃尔顿视线平齐。她伸出小手指，轻轻抚摸着埃尔顿柔软的黑色绒毛，说道：“它们并没有忘记你呀，是你们的蜂王犯了错误，它离开时以为你们都在。它非常担心你，整个蜂群都是。”

“真的吗？”埃尔顿重新扇动起翅膀，“我希望就算我不在，它们也能一切都好。你们知道吗？我可是我们蜂群的首席编舞。我想要是我不在，它们的摇摆舞一定会跳得非常糟糕。”

小艾记得，在任务简报里有一条来自蜂王的

信息，在阿蒂给埃尔顿的断腿装夹板时，她大声读了出来，好让埃尔顿也听到。

但这里并不只有他们。

在他们周围的雨林里藏着三只动物，它们正密切注视着这一幕。这些动物也是为“附近有一只迷路的内格拉蜂”这个消息而来。它们都长着长长的鼻子、锋利的牙齿和粗大的尾巴。

“嘻——看到这只毛茸茸的蜜蜂，老大会很高兴的，嘻——”第一个家伙高兴地说道。

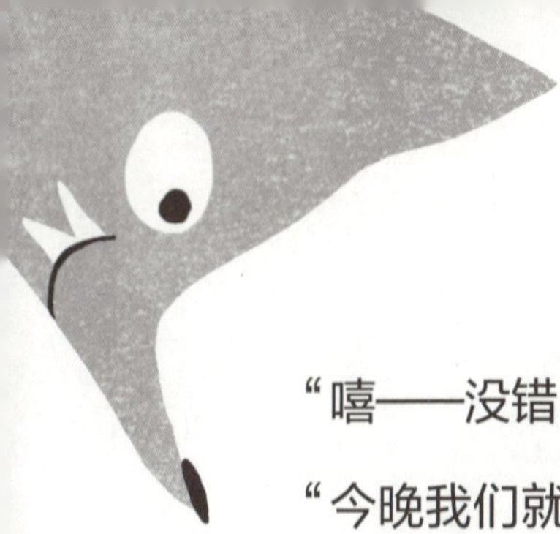

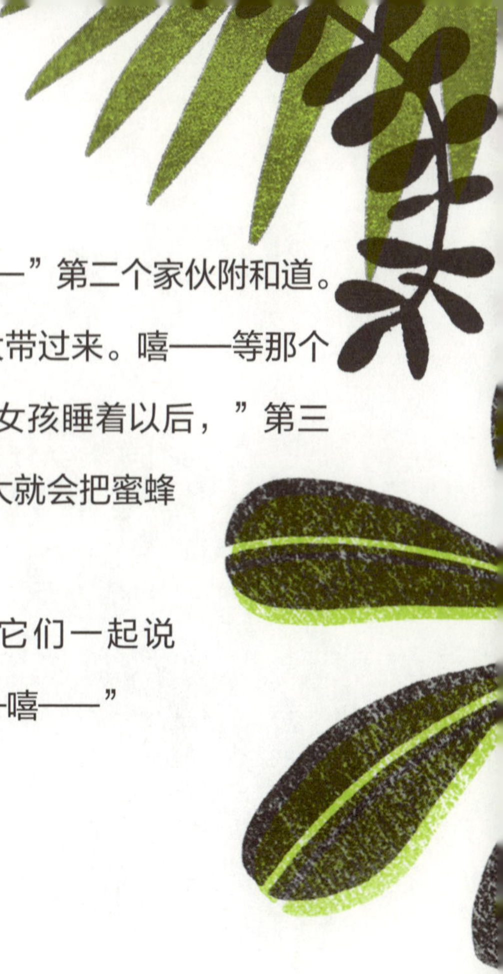

“嘻——没错，嘻——”第二个家伙附和道。

“今晚我们就把老大带过来。嘻——等那个讨厌的长鼻子和那个小女孩睡着以后，”第三个家伙打定主意，“老大就会把蜜蜂抓走，嘻——”

“今晚，嘻——”它们一起说道，“抓走蜜蜂，嘻——嘻——”

第六章

小艾背靠着一棵巴西黑黄檀，坐了下来。她掏出了那本《自然笔记》，写了起来。

护蜂行动

执行者

艾格尼丝·甘布尔（小学生、斯派尔协会实习外勤特工）

进度

成功找到迷路的内格拉蜂之后，我们准备在雨林里安营扎寨。阿滕伯勒特工计划等第二天天一亮就去修理滑翔机。这里相当吵，还很黑，不过阿滕伯勒特工生了堆火。现在，我们救助的内格拉蜂（它叫埃尔顿）已经睡着了。我负责值第一班岗。

观察记录

埃尔顿（卡皮沙巴无刺蜂）

喜欢：花边、音乐和舞蹈。最喜欢的食物是花粉爆米花，最喜欢的音乐是蜂昂丝的《单身蜂》（*All the single bees*）。

讨厌：孤独。

备注：埃尔顿有浓密、蓬松的黑色绒毛，里面存放着几副样式新奇的太阳镜，它几乎每小时就会换一副。它特别喜欢跳舞，就连睡觉的时候腿也会有节奏地摆动。埃尔顿遇到其他动物会害羞。

阿蒂（黑象鼩）

喜欢：南瓜子炸香蕉三明治。此外，它还喜欢在斯派尔协会总部工作的灰熊布鲁蓓儿。

讨厌：人类小女孩、跳舞、花边、被抚摸。

特点：阿蒂很勇敢，它精通多种技术，从机械制造、驾驶飞机到急救。它似乎喜欢表现出讨厌人类小女孩的样子……在它以为我没有看它的时候，它瞥了我一眼，还笑了笑，不过我还是看到了！

其他

*在对周围雨林做短期考察期间，我陆续发

现了西番莲、金星捕蝇草、兰花、巨型睡莲和橡胶树。

*距离这里最近的淡水水源是一条狭窄的河流，里面有很多巨骨舌鱼，它们会跳出水面呼吸空气。另外水中还有成群的红腹水虎鱼。

*在我们的营地外围，住着一群箭毒蛙。我一直很小心，避免触碰它们，因为它们会分泌毒液，一旦触碰到会引起瘙痒和发热。

*雨林的地面上到处是各种猴子的粪便。

*我采集了鸟巢蕨和可可树叶子，把它们做成了标本。

那三只皮毛雪白、长着黑色小鼻子的动物正在雨林里踱着步子。

“嘻——这地方太热了，”第一个家伙抱怨道，“我们没法思考。”

“老大有冰激凌，嘻——”第二个家伙用尾巴把一根树枝扫到一旁，低声吠道。

“冰激凌，嘻——”第三个家伙赞成道，“有冰激凌就惬意多了，嘻——只要我们告诉老大那只胖胖的蜜蜂的事，我们就会有冰激凌吃，嘻——”

此时，它们已经来到一片亮如白昼的空地上。一辆四轮驱动汽车停在空地中间，旁边是蝴蝶监狱——一个巨大的网罩。

网罩里面，五颜六色的蝴蝶正上下翻飞，试图逃走。网罩下面，

阿克塞尔·贾布
哈特私人所有
阿克塞尔·贾布
哈特私人所有
阿克塞尔·贾布
哈特私人所有
阿克塞尔·贾布
哈特私人所有

一些带玻璃盖子的储藏箱胡乱地堆在地上，每一只箱子上面都有“阿克塞尔·贾布哈特私人所有”的字样。

一个穿着修身西装的高个子男人站在那里，正在整理储藏箱。他的头发被特意梳成了冰激凌旋涡的形状，他的一双蓝眼睛看起来冷冰冰的，肤色也是冷白色的，仿佛他这一辈子都生活在冰柜里。

“你们三个回来干什么？”他呵斥道，“我不是让你们一整晚都去外面站岗吗？”他继续用布擦拭一只箱子。“抛光的时候我需要专注。”那只箱子里的甲虫尸体，在玻璃下闪闪发光。它们被牢牢钉住，翅膀展开着，上面贴着笔迹潦草的标签。

“我们有发现，贾

阿克塞尔·贾布
哈特私人所有

布哈特老大。”其中一个家伙喘着粗气说道。

“嘻——只是这儿的天气太热了，我们没法思考，老大。我们是北极狐，这儿的温度不符合我们的习性呀。”

阿克塞尔·贾布哈特讥笑了一下，说道：“要说习性，你们也不喜欢水，但上次发完工资，你们不还是去玩潜水了吗？”

北极狐们面面相觑，一脸尴尬。

贾布哈特眯起眼睛问道：“什么发现？”

“我们发现了一个您可能会……想收藏的东西。”一只北极狐说道。

“我想收藏？”贾布哈特捋了捋卷曲的小胡子，“继续说。”

“嘻——没错，老大，是一只蜜蜂，嘻——毛茸茸的，黑色的，翅膀闪闪发亮。”

“你是说，一只毛茸茸的黑蜜蜂……”贾布

哈特的手指掠过另一只昆虫箱，“它的绒毛看上去是不是像柔软的黑色天鹅绒，上面还有金色的斑点？”

“一点儿没错，老大，嘻——”北极狐们齐声道。

贾布哈特僵住了。“怎么会？”他朝狐狸们走过去，咧开嘴笑着，“那只黑蜜蜂……是不是还戴着太阳镜？”

北极狐们连连点头。

贾布哈特的身体突然摇晃起来，脸上露出狂热的笑容。“难以置信！”他抓起北极狐们，把它们抛向空中，仿佛它们像纸片一样轻，“那可是内格拉蜂啊，孩子们！要是戴着太阳镜，那就是蜂群的编舞！在其他地方根本见不到它，只有在大西洋雨林这个地方才能见到。”

贾布哈特揉揉下巴，北极狐们挨个掉在了地

上。“只要我能搞到一只，全世界的人都会赶来欣赏我的收藏，这将是我一生最伟大的胜利！那只内格拉蜂现在在哪儿？”

北极狐们咳嗽着站起身。“嘻——老大，我们都快热晕了，说不定冰激凌能帮我们记起来。”它们齐声说道。

“冰激凌？你们这些蠢货就这点儿追求！”贾布哈特打开汽车后备箱，取出一桶巧克力屑冰激凌，“给我老实说，那只内格拉蜂现在在哪儿？”

北极狐们盯着冰激凌桶说道：“离这里不远，在雨林里。不过斯派尔协会的家伙们跟它待在一起，他们在露营。”

“斯派尔协会？”贾布哈特愤怒地把冰激凌桶摔在地上。桶被摔得裂开了，北极狐们扑上去，一阵狂舔。“那群该死的家伙总坏我的好事。要不是他们，去年夏天我就抓住那只红牙漏斗蛛了。”他停下来，思忖了片刻，“我们出其不意，也许就能把那只内格拉蜂夺过来。我们现在就得动手。”

“现在？”一只北极狐抬起头，嘴巴上沾满了融化的冰激凌，“真的吗？”

“是的，就现在。”贾布哈特恶狠狠地说道，“你们难道是想让我现在开始收集北极狐的标本？”

第七章

雨林里充满了各种嘈杂的声音。小艾打了个哈欠，伸了个懒腰。本来她很容易保持清醒，但接连的值班令她疲惫不堪。她转过头，望向营地。此刻，阿蒂正在地上蜷成一团，打着呼噜。埃尔顿依然戴着雨滴折射镜，睡在阿蒂为它搭的小吊床里。

突然，小艾注意到树丛里有个什么动物的身影闪过——体形似乎如一只狗那么大，有四条腿、尖尖的耳朵，浑身雪白。

小艾揉揉眼睛，不确定自己看到了什么。据她所知，大西洋雨林里没有任何白色动物。她站起身，背上背包，打算一探究竟。

那只神秘动物走的速度极快，小艾小心地跟了上去，没有被它发现。等到离它足够近时，小艾打开了手电筒。当亮光照在它大大的尾巴和短短的口鼻上时，小艾惊呆了——一只北极狐？

但是……她想不通。北极狐生活在北半球的北极地区，怎么会来到大西洋雨林里呢？

在她想出原因之前，她听到营地那边传来了

很大的呼啸声，以及“啪”的一声脆响。

那只北极狐竖起耳朵，甩了一下尾巴，便消失在雨林中了。

小艾听到阿蒂在喊，她的心怦怦直跳。她赶紧穿过丛林，回到营地。走近时，她突然放慢了脚步，此时一个陌生的声音正在说话……

“把它吊起来，孩子们。别让这只小耗子跑了。”

小耗子……？小艾连忙躲在巨大的丛林蕨类植物后面，透过树叶间的空隙窥视起来，试图弄清楚眼前到底发生了什么。

当看到阿蒂被困在一张网里，并且被挂在树上时，她不禁倒吸了一口凉气。两只北极狐咬着吊绳的两端。还有一只北极狐站在埃尔顿面前，嘴里咬着一颗金色跟粉色相间的发光灯球，正在上下晃动。埃尔顿似乎被催眠了，两眼发直。还有一个穿着修身西装、发型怪异的瘦巴巴的男人站在一旁，他看上去非常得意。

“你不可能把他带走，贾布哈特！”阿蒂喊着，它从网眼里伸出长鼻子，使劲扭动着。“斯派尔协会之前就没有让你得逞过，以后你也别想！就在我说话的这会儿，斯派尔协会的其他特

工已经在赶来救我的路上了！”

贾布哈特放声大笑：“随便吧，反正不等他们来，我就把内格拉蜂带走啦。”

小艾知道阿蒂在虚张声势。在飞来的路上，他们就已经和斯派尔协会总部失去了联系。唯一有可能救阿蒂和埃尔顿的就只有她。

她咽了口口水，试图平复紧张的情绪。她的爸爸妈妈在斯派尔协会做特工时可能也遇到过类似的危急情况。她决不能放弃。

首先，她需要把她的搭档救出来。

小艾想起之前肚遁侠对她的训练，于是从背包里拿出伪装道具，迅速动手制作树叶伪装服。一分钟后，一棵看上去非常逼真的巴西木开始摇摇晃晃地向营地移动。覆盖着小艾身体的树叶沙沙作响，她尽可能迈着小碎步，同时紧紧盯着贾布哈特和北极狐们。

“别碰内格拉蜂！”在小艾靠近的同时，阿蒂向贾布哈特呵斥道，“你对它做了什么？”

贾布哈特狰狞地狂笑着：“很好玩，对吧？我的研究表明，大多数会跳舞的昆虫都会被灯球吸引。它们只要盯着灯球一段时间，就会进入恍惚状态。这只内格拉蜂已经不由自主了。”

可怜的埃尔顿！小艾再也受不了了，她立刻行动起来。她先移动到那只正咬着吊绳一端的北极狐的边上，然后从伪装服里抽出一只手，拿着之前收集的鸟巢蕨（它的叶子很软，会让人或动物发痒），非常非常轻地把它贴在北极狐的肚子上。

只见那只北极狐先是抽动了一下。然后，它跺了跺脚。再然后，它开始在原地疯狂乱蹦。“啊！”它痛苦地大叫，“嘻——痒死了，痒死了！”随着这声大叫，它松了口，困在网中的阿蒂便掉了下来。

阿蒂落在地上，一骨碌站起身，四处张望："甘布尔特工，是你吗？"

小艾抖落掉自己的树叶伪装服，北极狐们吓了一跳。

"干得好！"阿蒂对小艾说道，"你去把埃尔顿救出来，我来对付贾布哈特。"

小艾点点头，只是她还不知道该怎么对付那几只北极狐。当其中两只向她逼近时，她想起玛琳队长在动拳道课上告诉她的：如果你发现自己寡不敌众，要借助环境的力量。

她又想起自己之前写在《自然笔记》里的关于雨林动植物的内容，一下子有了主意。

"来抓我呀，臭毛球！"她喊着，跑进了树林。

奔跑中，小艾戴上了斯派尔协会特制的手套，直奔她之前看到的那棵栖息着很多箭毒蛙的树。"我很抱歉，"靠近这些箭毒蛙时，她说道，“我也是迫不得已，需要借用你们的毒液。”

最大的那只箭毒蛙愤怒地对她呱呱叫。

“求求你们了，我正在执行斯派尔协会的一项任务。”她指了指通信徽章上的标志。

那只大箭毒蛙仔细思考了片刻，然后仰面躺下。小艾如释重负，说道：“太感谢了。”

她取下几片树叶，非常温柔地在大箭毒蛙的肚子上抹了几下，然后把树叶放在地上，让沾着毒液的那面朝上。就在她做完这些后，很快地，两只北极狐便找到了这片树林。

“我在这儿呢！”小艾挑衅道，还朝它们做了个鬼脸。

第一只北极狐张着嘴，朝她走过来，一脚踩在有毒的树叶上。只见它皱了皱眉，便停住了脚步。

“啊啊啊，好烫，嘻——”它大叫着，上蹿下跳，“烫死了！烫死了！”

第二只北极狐眯缝着眼睛，盯着小艾，在沾着毒液的叶子旁边徘徊。小艾的心提到了嗓子眼。

这只北极狐显然比刚才那只狡猾，暗算它有点儿难度。小艾知道她必须采取正面行动，于是转身向河边跑去。

河的两岸长满了西番莲的藤蔓，上面悬垂着深紫色的果实。小艾扯了扯，确定藤蔓足以支撑她的体重，便开始向上爬。

凭借玛琳队长教她的“树懒抱树十字固”，小艾把自己固定在树冠上，然后用手电筒照射身下的水面。

水流很急，但她仍能辨认出有着金色鳞片的红腹水虎鱼，在幽暗处闪闪发光。她关上手电

筒，四下一片漆黑，很难看到河岸。

“你跑不掉了，”这时那只北极狐从灌木丛里现身了，它狞笑着向小艾靠近，“嘻——乖乖待着别动。”

北极狐后腿一蹬，一下子蹿上了树。但小艾动作更快，她使出了“巨嘴鸟火焰猛扑”，落在下面的树梢上。这不仅让她躲过了北极狐的攻击，还让北极狐扑了个空，使它直接掉进了河里，溅起非常大的水花。

“嘻——该死的红腹水虎鱼，别咬！”北极狐咆哮着，水面上一串串气泡围着它打转，“快滚开！”

小艾安全着陆在铺满树叶的地面上。她看到北极狐一直在挣扎，想要离开水面到对岸，它身上已经秃了好大一块。

搞定了两只北极狐，小艾心想，还有一只呢！

留下那只北极狐继续跟红腹水虎鱼纠缠——一时半会儿它还没法过河，小艾开始捡掉在地上的西番莲果实——百香果。她尽可能多地捡，

然后冲回营地。她还有最后一个想法，不过不确定是否可行。

小艾回到营地，发现贾布哈特和阿蒂仍在激战。

“你这小耗子，之前就坏了我的好事！”贾布哈特怒吼道，将一把剑直刺向阿蒂的喉咙，“在澳大利亚，你害我没得到那只红牙漏斗蛛，但这次，我不会让你再妨碍我的收藏事业了。”

阿蒂甩了甩尾巴，避开了攻击，说道：“你永

远不可能打败斯派尔协会，贾布哈特！”

第三只北极狐还在用灯球控制埃尔顿。

小艾出其不意，把“百香果炸弹”朝它扔了过去，把它打得嗷嗷直叫。小艾事先把这些果子剖开了大半，打在身上便直接炸开。北极狐被淹没在一堆黏稠的黄色种子当中。

“啊吼吼吼吼！”小艾边扔边叫，“啊吼吼吼吼！”

北极狐吓了一跳，呆住了。小艾知道她现在看上去像是发疯了，这是她的计划。这片雨林地面上的猴子粪便里有很多百香果种子，她很清楚具体是哪种猴子喜欢吃百香果。

“啊吼吼吼吼！”她只需要把它们叫醒：“啊吼吼吼吼！”

小艾等待着，但没有得到回应。北极狐恶狠狠地发出狞笑声，转头朝她扑过来。小艾赶紧

后退。突然，伴随着仿佛是弩炮发出的一声巨响，她的腿被一个东西抓住，整个人被抛到了半空。“啊——”一张伪装的网将她网住了。

这是一个陷阱。小艾惊慌失措，使劲扭动身体，试图从网中挣脱出来。透过网眼，她看到阿蒂和贾布哈特还在打斗。阿蒂的尾巴垂得很低，动作也变得迟缓了。她不知道阿蒂还能撑

多久，而她自己现在也没办法帮它了。

就在此时，小艾听到一声嘹亮的啼叫：“啊吼吼吼吼！”

不确定是不是自己幻听了，小艾急忙望向树冠，终于如释重负。几只纤瘦的长臂动物正在树枝间用它们的长尾巴拨开树叶。很快，它们稳稳地落在空地上，向四周嗅着——这是一群褐吼猴。

“啊吼吼——”一只大猴子叫道。在它的号令下，小猴子们开始收集小艾扔在地上的百香果。

其中一只蹿到困住小艾的网旁边，嗅了嗅她，然后开始咬绳子……小艾跌到地面上，很快站起身来。

最后那只北极狐在瑟

瑟发抖，眼睛瞪得像铜铃，它看上去就像一颗长了腿的巨型百香果。大猴子看到它，叫了一声。吵闹中，猴子们冲了过去，吓得那只北极狐丢下灯球，转身逃命。

当小艾来到埃尔顿身边时，猴子们已经用尾巴卷住了打算逃走的北极狐，把它举过头顶抬走了。北极狐发出惊恐的吼叫声，眼泪都流了出来。猴子们开始从它身上摘果子和种子吃，仿佛它是一张自助餐桌。

全息图里的埃尔顿眨了眨眼，站

在地上踉跄了几步。

“埃尔顿，小心呀！”小艾轻轻地把它捧在手上，想让它站稳，“你还好吗？”

“我做了一个关于花边的梦……”它喃喃地说道。

“你被催眠了。”小艾说道，“但现在没事了，你安全了。”她看向阿蒂那边。阿蒂还在用动拳道的招式保护自己，避开阿克塞尔·贾布哈特的剑术攻击。

突然，阿蒂加快了动作，跳到半空，连续使出“流星步”，最后落在贾布哈特胸口。随着“啊”的一声惨叫，贾布哈特被击倒了。

贾布哈特的脸涨得通红。“放开我，小耗子！”他想把阿蒂甩下去，好让自己站起身。

“我可没这个打算。”阿蒂嘲讽道，它从地上抓起一根绿色藤蔓，捆住了贾布哈特的双脚，“别

白费力气了，这可是绞杀藤[1]，你挣脱不了的。”

看到贾布哈特被打倒了，小艾和埃尔顿欢呼雀跃。在几次尝试站起身都失败之后，贾布哈特放弃了，他抱着胳膊坐在原地，一脸愠色。

“你非法收集昆虫的日子到头了，贾布哈特。”说完，阿蒂又转向小艾，“把北极狐带过来，要把它们一并捉拿归案。”

小艾去劝说猴子们帮忙抓北极狐，作为报酬，她会告诉它们哪里有又多又好吃的百香果。

没过一会儿，三只北极狐都被带了过来——一只湿漉漉的，一只黏糊糊的，还有一只浑身发痒，挠个不停。它们都夹着尾巴坐在小艾身前，呜咽着求饶。

---

①一种独特的植物类型，一般属于藤本植物与附生植物之间的过渡类型，也称半附生植物。它们通常会攀附在树干上，然后慢慢将其勒紧，以获取生长所需的养料和水分，直至被攀附的树木死去。

“让他们在这里过夜，”阿蒂命令道，它望了一眼天空，“看看这些云，暴雨就快来了。”

“暴雨？那我的西装就毁了呀！”贾布哈特抗议道，“蛤纺海丝② 只能干洗！”

被热得晕头转向的北极狐们却笑了。“嘻——要下雨了，”它们一起说道，“又大又凉爽的雨，嘻——”

---

②蛤纺海丝：丝绸通常以蚕丝为原料，但也有一种用蛤蜊的足丝——帮助其固定在岩石、海藻或其他的动物体上的部分——制作的海丝。这种海丝获取极难，因此既罕见又昂贵。

第八章

第二天早上，阿蒂从树上下来，拍了拍制服上的灰尘。“信天翁滑翔机终于修好了。”它的制服沾上了黑色的油渍，口袋里插着一把螺丝刀，“我已经把埃尔顿放进了昆虫舱，这样待会儿在飞行途中可以保证它的安全。它会在滑翔机里跟你一起飞。你准备好了吗？”

“马上就好，”小艾说着，关上了阿克塞尔·贾布哈特的四驱车车门，“我想试一下这些钥匙能不能打开蝴蝶监狱的锁。”她试了其中的一把，门锁纹丝不动，“贾布哈特和那几只北极狐怎么办？”她一边问一边试了另外一把钥匙。

“我已经发送了斯派尔协会的遣返信号，”阿蒂说道，“等总部接到信号，就会派同事来逮捕他们。”

小艾松了口气，很高兴不用再对付他们了。突然，她手中的一把钥匙打开了锁。“找到了！”监狱门被打开了，困在里面的昆虫都飞了出来。

在这群昆虫当中，小艾发现了蛱蝶、凤蝶和弄蝶。它们五颜六色，翅膀上的花纹各式各样。

小艾目送着它们飞向远方。

等把所有昆虫都放归大自然之后，小艾赶紧跑到起飞地点。在那里，她高兴地看到埃尔顿已经舒舒服服待在它的昆虫舱里了。昆虫舱看上去像一个仓鼠球，里面还有一把小椅子。埃尔顿脸上那天鹅绒一般的黑色绒毛从星星形状的飞行护目镜后面露了出来。“造型很酷，”小艾对埃尔顿说道，“待会儿跟你们蜂群重逢，你肯定特别亮眼。”

当滑翔机飞过树冠时，小艾看到刚才被她放出来的昆虫们飞到了一起，拼出九个大字——谢谢你们斯派尔协会。

她朝窗外挥手，向它们致意，也为自己感到骄傲。她的爸爸妈妈每次执行任务，帮助那些需要救助的动物或植物时，一定也会有这样奇妙的感觉，难怪他们会成为斯派尔协会的特工。这是

世界上最棒的工作！

小艾不想回到那座灰蒙蒙的城市，不想回到道格拉斯叔叔那个位于第26层的公寓房间，她不想让自己的冒险就此结束。她想成为斯派尔协会的正式特工，就像她的爸爸妈妈一样。

“你之前的表现给我留下了深刻印象。”阿蒂在她一旁赞叹道，“我认为你有很大的潜力，能够成为一名出色的特工。但你能不能留下来最终要看菲尔指挥官的决定。”

滑翔机右转，阿蒂引导他们飞过巴拉那河上空。小艾注视着洒在下方水面上金灿灿的阳光，内心十分紧张——她无比期待能够通过这次的特工测试。

“我们的通信已经恢复。”阿蒂说道，“你可以用无线电向他们汇报任务的完成情况吗？”

小艾按下耳机上的一个按钮。“护蜂行动已成功完成！”她骄傲地宣布，“内格拉蜂已入蜜

斯派尔协会

罐！重复，内格拉蜂已入蜜罐！预计1800时① 返回总部。”

一阵咔啦声过后，小艾收到了回复：“收到！完毕！”

斯派尔协会的庇护所位于丛林深处，需要飞行两小时。

阿蒂引导他们在一片沙地中心降落，那里已

①此处使用的是军用时间的表示方法，1800时即18:00时。军用时间表示方法通常用在军事、航空、紧急救援以及其他一些需要准确沟通时间的情形中。

经有直升机停机坪的标志。旁边是一些棕榈草屋顶的小屋，搭建在一棵棵树木之间。接近地面时，小艾注意到各种动物及穿着迷彩服的人类在小屋之间穿梭。“他们都是斯派尔协会的雇员吗？”她问道。

阿蒂点点头，说道：“他们的工作是保护庇护所的安全，以及监测这里动物们的生活。他们会密切关注埃尔顿的蜂群，确保它们顺利安家。”

阿蒂引导滑翔机成功降落，然后他们开始陆续从机舱里走出来。当小艾帮埃尔顿从昆虫舱里出来时，她的身后传来一片欢呼声。

“干得好，孩子！”一个熟悉的声音说道。

小艾转过身，看到玛琳队长正朝她走来。“雨林里的王牌！行动敏捷，出手有力，小脑袋瓜转得也够快。”

“还有一流的飞行技术！”另一个声音说道。伴随着一阵沙沙声，鱿鱼阿里斯托芬从树林里现身了。它扭动触手，挪动着身子，快速地来到了沙地上，跟玛琳队长击掌庆贺道：“我相信，关注细节、想象力和勇气同样少不了！”

“哇——谢谢你们！”小艾说道，她太没有心理准备了，以至于把吃惊都写在了脸上，“可是你们两位在这里做什么呢？”

这时，从不远处传来一声低沉的嘶鸣，一

个黑白相间的大毛球从沙地边缘滚了过来。是肚遁侠！它笑呵呵地加入了谈话，还是一副睡不醒的样子。“都在呢……我们三个。”它一边忙着大口吃竹子，一边抽空说话，“我……也要给你……打满分……决心……耐心……还有智慧……你这孩子……一样都不缺。”

“我们当然是来支持你的！”玛琳队长说道，“菲尔指挥官对新学员要求很严格，大多数人连参与实习的机会都得不到。我们是想让你知道，无论发生什么，你都是我们的得意门生。我们很荣幸能帮助你成长。”

“而且我们永远是你的后盾。”阿里斯托芬帅气地抱起了“胳膊”，补充道。

小艾露出了灿烂的笑容，此时她的内心深处充满了力量。但同时她也感到万分紧张：万一菲尔指挥官认为她还不能成为斯派尔协会的正式特工，那么她的特工生涯就将到此为止……而这一切就会变成一场再也无法触碰的旧梦。

就在这时，埃尔顿打开了雨滴折射镜。在一片光亮中，它的全息图出现在了沙地上。“大家好呀！很高兴见到你们，我叫埃尔顿！”它摘下了星星形状的飞行护目镜，换上了水钻太阳镜，“哇，这里好漂亮。”

小艾觉得自己跟埃尔顿的看法一样，她决定先把对菲尔指挥官意见的担忧放在一边，将注意力放在埃尔顿身上。“你肯定很想回到你的蜂群吧？来吧，我们去找找看。”

小艾正准备把埃尔顿捧到手里，突然听到一阵嗡嗡声，声音越来越大。她环顾四周，看到树叶开始在枝条上飞舞，一只鹦鹉急忙从枝头飞起，似乎有什么东西正在逐渐靠近……

一团黑压压的蜜蜂从森林中现身了。它们穿

过空地，在全息图中埃尔顿的周围聚集起来。每只蜜蜂都兴奋得不得了，一边上下飞舞，一边嗡嗡地叫着。

“露辛达！杰弗里！拉希德！……”埃尔顿也激动得跳来跳去，喊出了一串名字，“我想死你们啦！咱们的新家好吗？你们已经在跳舞了吗？”它的触角飞快地振动着，它冲着一只蜜蜂喊道：“你绒毛的颜色好棒，我喜欢你翅膀的打扮！”

把太阳镜拉下来一点儿后，埃尔顿转向了小艾，向她露出了最灿烂的笑容：“太感谢你啦！”

当全息图中出现了另一只蜜蜂时，整个蜂群安静了下来。这只蜜蜂的

个头比其他蜜蜂的大，浑身金黄，头上戴着树皮制成的小王冠。

埃尔顿鞠了一躬，说道：“女王陛下。”

女王笑了笑，伸出前腿，把埃尔顿拉过来，给了它一个热情的拥抱。

看着眼前这一幕，小艾觉得这久别重逢的快

乐仿佛温暖的阳光，也照在了她的身上。但这样的情景并没有持续多久。突然，动物们分立两旁，为一只长着黑色羽毛的火鸡让出了道路。只见这只火鸡身穿厚厚的外套，头戴毛线帽，双手戴着手套，脚上穿着一双登山靴，一摇一摆地穿过空地，向小艾走来。

菲尔指挥官挥挥翅膀，摘下帽子和手套，对小艾说道：“抱歉，我来晚了——我刚从喜马拉雅那边的救援任务中返回。”它从外套下面取出一个记事本，接着说道：“好了，说重点。我想你一定很想知道我对你第一次执行任务的看法，甘布尔小姐。”

小艾紧张得几乎窒息。刚才受到埃尔顿跟蜂群团聚时的欢乐氛围感染，她几乎忘了还有评估这件事。她看了一眼聚在她周围的每一位的表情，阿蒂、埃尔顿和蜂群，还有她的导师们，她不想让任何一位失望。更重要的是，她不想让自己失望。

菲尔指挥官抬头看看埃尔顿，再低头看看任务清单，开始用笔做标记。“找回并营救走失的内格拉蜂，”菲尔指挥官说道，“释放稀有昆虫，逮捕斯派尔协会的敌人……”说着说着，它挺起了胸脯。“滑翔机受损……不但未能在预定地点着陆，还掉进了陷阱。嗯哼。”这时，它抬起了它的头，“在做出最终决定之前，还有最后一次考验。”

小艾慌张地望了望阿蒂，她不知道还有最后

的考验。

“甘布尔小姐，想象一下，斯派尔协会现在派你执行一项任务，去解救一头在南极水域被渔网困住的座头鲸，”菲尔指挥官说道，“你可以选择斯派尔协会的一位动物特工与你同行，你会选择谁呢？”

小艾握紧拳头，认真思考。作为一只鱿鱼，阿里斯托芬适合执行水下任务，而玛琳队长则擅长对付渔网……最后，小艾做出了决定。

“我要选择的特工是我的搭档，阿滕伯勒特工。我跟它是最默契的搭档，不管执行什么任务都一样。”

菲尔指挥官点了点头，说道：“知道了。这样的话，我也有了最终的决定。”

蜜蜂们紧张得一直发出嗡嗡声，小艾也紧张得开始发抖——她的决定是否正确呢？

菲尔指挥官向小艾伸出一只翅膀，清了清嗓子，说道："祝贺你，甘布尔特工！你已经证明了你在执行外勤任务的过程中的价值，以及对斯派尔协会团队合作的理解。我很荣幸能为你提供斯派尔协会正式特工的职位。"

小艾感到自己的脸因为激动而变得火辣辣的，一种无法言说的喜悦之情在内心深处蔓延，她用难以置信的语气不停地问道："真的吗？我合格了吗？"

菲尔指挥官点点头，它的喉结颤动着："当然，不只是合格，我认为你很出色。当然，你的搭档对你的评价也相当高。"

"真的吗？"小艾转向阿蒂，"哎呀，谢谢你！"她不假思索地把阿蒂举了起来，给了它一个紧紧的拥抱。

阿蒂甩着尾巴，试图挣脱出来。它说道："你太客气了，艾格尼丝。请你把我放下来，好吗？”

菲尔指挥官用翅膀鼓掌，大声说道：“这就行了。欢迎加入斯派尔协会，甘布尔特工！过不了多久我们就会派你和阿蒂去执行下一项任务。祝你好运！”

其他特工爆发出一阵欢呼声，他们跳到半

空，挥舞着胳膊。蜜蜂们则围成一团，向小艾表示祝贺。

“我想我们应该跳支舞！”埃尔顿说着，大声发出指令，“家人们——各就各位！”

“没错！”菲尔指挥官抬起翅膀，伸展羽翼，说道，“我们跳舞吧！”

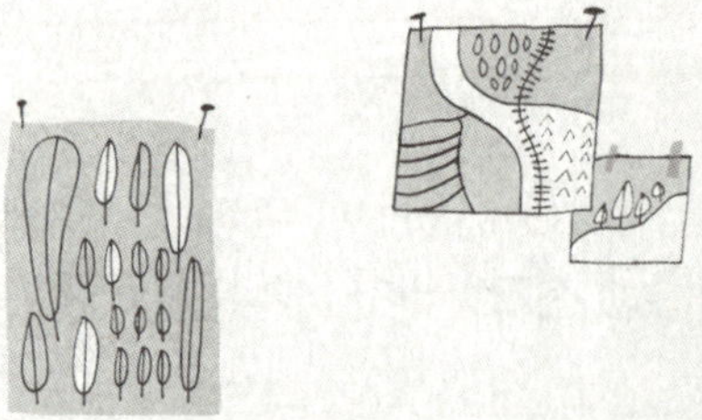

第九章

坐在自己的卧室里，小艾读着埃尔顿寄给她的明信片。明信片正面是埃尔顿惬意地待在它的新蜂巢里的样子。它戴着月牙形的亮蓝色闪光太阳镜，喝着一杯粉红色花蜜，盛花蜜的杯子上面还装饰着一把小伞。

在明信片的背面，它告诉小艾，虽然腿伤还没完全好，但它已经准备回去工作了，为它的蜂群编排一支新舞蹈：象鼩之舞。小艾真心为它终于回到了属于自己的家而感到高兴。

她小心地把斯派尔协会的制服叠好，放在床下，想着何时才能再把它拿出来。在等待执行下次任务的这段时间，肯定还有不少训练，跟玛琳队长、阿里斯托芬和肚遁侠一起。

“小艾，你有没有听到呼噜声？”道格拉斯叔叔在走廊里喊道，“我发誓，这是第三次了！我一定要搞清楚呼噜声是从哪儿来的。”

“啊——应该是邻居家的猫吧，”小艾回答道，“那家伙真的好吵。”

道格拉斯叔叔哼了一声，迈着沉重的步子回到厨房，抱怨道：“说真的，我觉得就算养宠物，也得养不吵人，而且没有任何气味的那种。”

小艾偷笑起来。道格拉斯叔叔对大自然太缺乏了解了，他连猫咪的呼噜声到底有多大都不知道！况且，猫咪根本不吵人……

在小艾的床上，缩成一个毛球睡得正香的，正是阿蒂。在不执行任务的时候，它不会穿斯派尔协会的制服，这意味小艾可以摸摸它，不过还是要足够小心。

小艾发现，每当她抚摸阿蒂，阿蒂就会发出呼噜声。

她要把这条写进《自然笔记》里：

阿蒂（黑象鼩）

讨厌：跳舞、花边（但埃尔顿正在努力说服它喜欢花边）。

喜欢：南瓜子炸香蕉三明治。还有，被抚摸！

备注：说不定，它还是很喜欢人类小女孩的。

声明：为了增加童趣，本书原版采用双色印刷，而此次中文简体版也采用双色印刷，不反映实物的真实色彩。特此说明。

斯派尔协会总部

（毛毛脸猫咪食物大厦，大灰城）

护蜂行动

任务类型	救援、重新安置
物种名称	内格拉蜂（常用名）
	卡皮沙巴无刺蜂（学名）

指派设备

生态燃料信天翁滑翔机、雨滴折射镜、动物定位器

安全级别：

最高机密

派遣特工阿滕伯勒、实习外勤特工甘布尔前往大西洋雨林

执行任务：护蜂行动

案卷编号：00406199602

任务：护蜂行动

最高机密

绝密

斯派尔协会
办公委员会

最高机密 安全级别:	任务编号: No.073

亲爱的读者：

我是菲尔指挥官，我有一些重要消息要告诉你。

我们斯派尔协会致力于保护世界各地珍稀物种与解救陷入危险物种。正如你已经了解到的，特工阿滕伯勒和甘布尔刚刚在大西洋雨林成功完成了一项任务。现在我们需要你的帮助，保证他们能够继续顺利工作。以下是我们提供的材料。

你能做到吗？

我们希望招募你成为一名特工，来执行卧底任务。作为斯派尔协会特工，你需要在执行任务的过程中负起责任，遇到问题要足够坚定，能够随机应变、积极行事。

那里出了什么问题？

大西洋雨林是个非常神奇的地方，它的范围包括巴西、巴拉圭和阿根廷的部分地区。那里非常炎热，几乎每天都在下雨，这对生活在那里的植物和动物来说，简直是完美的天气。实际上，大西洋雨林是很多在世界其他地方已经难觅踪影的物种的家园，所以我们必须保护它。

可悲的是，一些人把那里搞得一团糟。其实，不仅仅是大西洋雨林，据说世界上每分钟就有超过20个足球场面积的雨林被破坏。虽然人们可以利用这些腾出来的空间放牧、种植庄稼或者建造房屋和工厂，但事实上，雨林因为非法采伐——有些人未经许可便砍伐树木——而被破坏，弊大于利。

动物趣味档案

大西洋雨林里生活着数千种动物，从美洲虎这样的大猫到蠓蚊这样的小飞虫。还有新的植物与动物物种不断被发现，比如独角螳螂（它的头部中间有一个像角一样的东西）。但由于人类活动——砍伐树木、清空土地来耕种（被称作“毁林”）等，许多物种甚至面临着灭绝的危险。

金狮狨猴

金狮狨猴是一种小型新大陆猴，有着非常亮眼的橙色皮毛。

它每天都会睡在不同的巢穴中，所以捕食者很难找到它。

北绒毛蛛猴

这种猴子常被称为“毵蛛猴”，是南美洲最大的猴子。

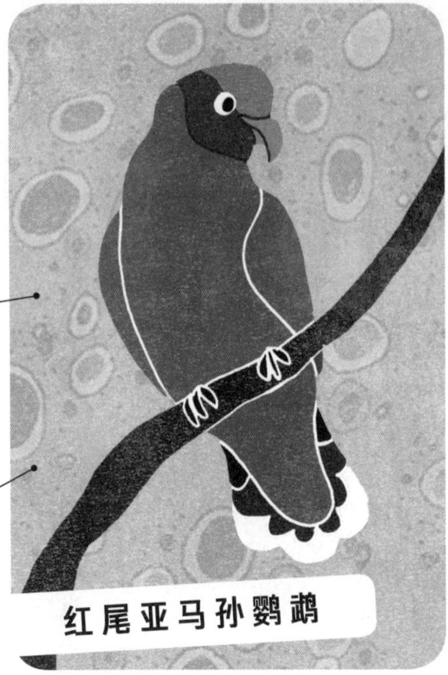

红尾亚马孙鹦鹉

红尾亚马孙鹦鹉的尾巴展开时，会露出一根红色的长羽。

它的食物是水果和植物种子等。

红嘴凤冠雉是一种体形很大、叫声也很大的鸟，周身长着黑色羽毛。雄性红嘴凤冠雉的喙是红色的。

中部蜂鸣蛙的栖息地范围很广，从亚热带或热带的干燥森林，到潮湿的低地森林和间歇性淡水沼泽地。

象牙尾蓝尖蜻蜓是一种非常稀有的昆虫，它的尾巴末端有一个独特的蓝尖。

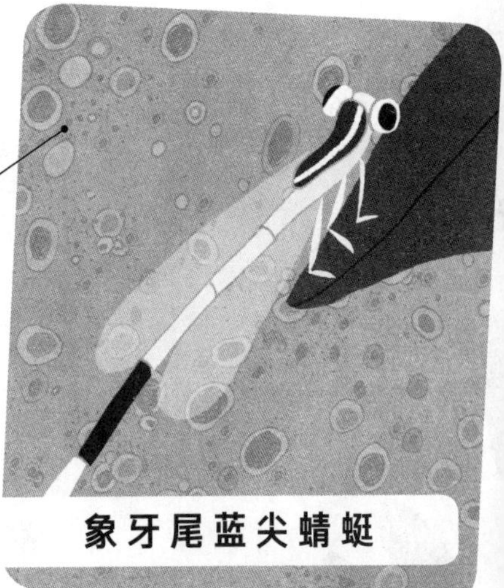

鬃毛三趾树懒一生中大部分时间都倒挂在树梢上！它们是树懒中体形最大的。

内格拉蜂是一种非常罕见的无刺蜂，只在巴西圣埃斯皮里图州被发现过。

这种无刺蜂于1994年首次被发现，于2003年被列入《巴西濒危动物名录》。

目前人类只发现过少数内格拉蜂的巢，这使得该物种在其自然栖息地极易受到森林砍伐的影响。

内格拉蜂为多种植物授粉，是一种完全群居的蜜蜂，这意味着它们生活在一个有组织的蜜蜂群体里。蜂王负责繁殖，其他蜂负责照顾幼蜂和采蜜。

你可以做些什么？

制作一张吸引人的海报！

宣传教育是一种很好的方式，可以增进人们对“砍伐雨林对动植物造成的影响”等问题的理解，多一分理解也就多了一分解决问题的可能。你的海报可以图文并茂地展示大西洋雨林里正在发生的事情。你还可以跟朋友和老师讨论砍伐雨林对动植物造成的影响。你甚至还可以就这个问题搞一场班级活动，来帮助整个班级的同学认识这个问题的严重性。

欢迎蜜蜂到你家花园做客！

热带雨林中的蜜蜂需要保护，而生活在我们身边的蜜蜂也需要保护。在花园里放置浅浅的水盘，可以帮助蜜蜂在四处奔波之时保持水分。蜜蜂最喜欢的颜色是蓝色、紫色和黄色，所以最好让你家的花园有这些颜色的花，让小蜜蜂们心情愉快！

检查商品！

当你或你的父母购买香蕉、咖啡、可可或茶叶时，请检查这些商品是否经过可持续发展认证。“可持续发展”的意思是它们是在不会对热带雨林产生负面影响的条件下种植的。

HUFENG XINGDONG

出版统筹：汤文辉　　责任编辑：宋婷婷
品牌总监：张少敏　　助理编辑：王丽杰
美术编辑：刘淑媛　　版权联络：郭晓晨　张立飞
责任技编：郭　鹏　　营销编辑：欧阳蔚文

著作权合同登记号桂图登字：20-2023-094 号

图书在版编目（CIP）数据

荒野特工. 1, 护蜂行动 /（英）珍妮弗・贝尔著；（英）爱丽丝・利肯斯绘；王扬译. --桂林：广西师范大学出版社，2023.11
（神秘岛. 文学海岸线）
ISBN 978-7-5598-6362-1

Ⅰ. ①荒… Ⅱ. ①珍… ②爱… ③王… Ⅲ. ①儿童小说－中篇小说－英国－现代 Ⅳ. ①I561.84

中国国家版本馆 CIP 数据核字（2023）第 176274 号

广西师范大学出版社出版发行
（广西桂林市五里店路 9 号　邮政编码：541004
网址：http://www.bbtpress.com）
出版人：黄轩庄
全国新华书店经销
北京博海升彩色印刷有限公司印刷
（北京市通州区中关村科技园通州园金桥科技产业基地环宇路 6 号
邮政编码：100076）
开本：880 mm × 1 240 mm　1/32
印张：5.25　　字数：65 千
2023 年 11 月第 1 版　　2023 年 11 月第 1 次印刷
定价：32.00 元